EL DONYET VERD

ANAYA

© Del text: Carles Cano, 2008
© De les il.lustracions: Tesa González, 2008
© De la traducció: Carles Cano, 2008
Assessorament lingüístic: Màrius Sancho i Colomer
© D'aquesta edició: Grupo Anaya, S. A., 2008
Juan Ignacio Luca de Tena, 15. 28027 Madrid
www.anayainfantilyjuvenil.com
anayainfantilyjuvenil@anaya.es

1a edició, octubre 2008
2a edició, gener 2012

Disseny: Taller Universo

ISBN: 978-84-667-7866-4
Dipòsit legal: M-2693-2012

Impressió: Estudios Gráficos Europeos, S.A.
Polígono Industrial Neisa Sur
Avda. Andalucía, km 10,300
28021 Madrid
Imprés a Espanya - Printed in Spain

EL DONYET VERD

Carles Cano

UNES
VACANCES
DE POR

Il·lustració: Tesa González

Que sones paregut a elector, encara que els electors elegeixen igual que els lectors lligen; potser tu sigues les dues coses, un lector o una lectora que elegeix les seues lectures i qui sap perquè has triat aquesta.

Potser perque el títol t'ha fet gràcia: *Unes vacances de por,* o a la millor t'agraden els relats de por i esperes trobar-te ací emocions sangonoses i històries terrorífiques. Doncs t'has enganyat!

A la millor t'han agradat les magnífiques il·lustracions de Tesa González, o és possible que ja hages llegit uns altres llibres meus i per això has decidit triar també aquest, o... potser no l'has elegit tu, sinó que algú l'ha elegit per tu: un amic pel teu aniversari, els pares o la mestra.

El cas, però, és que estàs ací davant, a poc més d'un pam d'aquestes paraules, preguntant-te: «M'explicarà alguna cosa del llibre?». Doncs mira, no. No t'explicaré res del llibre. Mai en els altres «Estimat lector» he contat res dels llibres, de les històries que venien després, i ara amb aquest que és el meu quart llibre en la col·lecció El Donyet Verd, no trencaré el costum.

Si vols et diré que tinc un gat
okupa i pirata, que és el que millor
viu del món i que es diu Fox perquè
té una cua llarga i peluda com la
d'una rabosa i és astut com aquest
animal; o que cada tardor apareix
per casa un pit-roig al qual llance
les molles de pa que sobren del dinar,
fins que se'n va a la primavera, o que
m'encanten les botifarres i per això
quasi sempre n'apareixen en els meus
contes, també en aquest, o que ara
(a la fi!) només treballe d'escriure
i de contar, és a dir: sóc un tipus
amb sort, que pot viure d'allò que més
li agrada.
   Tot això podria contar-te i ja
t'ho he contat, però al llibre
t'hauràs d'enfrontar tu a soletes.
Si vols, clar. I, a la millor, amb
una miqueta de sort, un dia ens trobem
i podem parlar del que t'ha paregut
la història, no? M'encantarà,
de veritat. Ah, no m'agraden
les pel·lícules de por.

1

UNES VACANCES
DE POR!

UNES vacances de por!
Era meravellós, una oportunitat única
en la vida per a conéixer la por. Perquè
heu de saber, primer de tot que al meu
poble em diuen Joana Sense Por.

El cas és que vaig llegir un anunci
en el diari que deia:

«Si voleu passar por de veritat,
veniu a treballar a la 10a Convenció
del Terror al castell del comte Dràcula,
a la Transsilvània Carpetovetònica.
Absteniu-vos curiosos, malalts
del cor i persones amb propensió
a les cagueroles».

ANUNCI

Si voleu passar por
de veritat, veniu a treballar
a la 10a Convenció del
Terror al castell del comte
Dràcula, a la Transsilvània
Carpetovetònica.
Absteniu-vos curiosos,
malalts del cor i persones
amb propensió
a les cagueroles.

d

Em vaig dir a mi mateixa: just el
que buscava! Sense pensar-m'ho
gens ni miqueta, vaig agafar un parell
de rastres d'alls i de botifarres (perque
m'encanten i fan molt bona lliga amb
els alls), la meua fantàstica maleta de
ferramentes on porte des d'un llevataps
fins a un desembussador biomecànic,
l'agulla de pit que em va regalar
la iaia i que em dóna sort
i allà que em vaig presentar.

Em van donar el treball de seguida,
entre altres coses perque sembla que
jo era l'única candidata que s'hi havia
presentat. Va ser magnífic, no vaig haver
de passar cap examen, ni barallar-me
amb centenars d'aspirants al lloc,
i ni tan sols em feren
una entrevista.

Quan vaig arribar al vell i solitari castell, la porta es va obrir sola amb un xerric estremidor i a la taula de recepció vaig trobar una nota escrita amb una cosa que semblava salsa de tomaca, que deia:

El treball és seu.
No faça res.
Espere instruccions.

Signat:
El comte Dràcula.

Al costat de la signatura hi havia
un parell de forats redonets que em
cridaren l'atenció, perquè eren molt
pareguts a les marques que deixa el meu
gos quan mossega el full en què escric.
El cas és que vaig estar cinc minuts
sense fer res i esperant instruccions,
asseguda en una butaca plena de pols
i observant un curiós rellotge de paret
que en comptes de busques tenia
punyals i el pèndol era una destral.

Com que ningú no em va donar cap instrucció, vaig pensar que per mirar no passaria res, i em vaig decidir a fer una volteta pel castell.

Quin horror! Allò que vaig veure no em va agradar gens, gens ni miqueta! Estava tot brut, polsós, ple de teranyines. En algunes habitacions hi havia taüts en comptes de llits, i les poques finestres que hi havia estaven barrades amb taulons. Quin desastre!

I els quadres!? Tots representaven
personatges lletgíssims i amb unes
dents que semblaven comprades
en una botiga d'articles de broma.
Allò no podia ser, no senyor!

De manera que em vaig posar un dels
vestits de faena i en un bufit no quedà
ni una teranyina. Vaig posar greix fins
a l'última porta, vaig obrir les finestres,
vaig amagar la pols en un taüt
i vaig pintar uns bigots graciosíssims
als de les dents llargues. A les onze
de la nit allò ja pareixia una altra cosa.
Aleshores em vaig preparar un entrepà
de botifarres i alls i, com que estava
tan cansada, entre mos i mos em vaig
quedar torrada a la butaca de recepció.

2

UNA TROBADA CURIOSA

A mitjanit em vaig despertar sorpresa perquè el rellotge de pèndol havia embogit i s'havia posat a sonar com un despertador.

«Que estrany —vaig pensar—, un rellotge de pèndol despertador».

Haguera pensat alguna cosa més, però em vaig quedar torrada una altra vegada, encara que poca estona, ja que cinc minuts després vaig notar una espècie de pessigolleig al coll. Vaig fer una manotada, vaig obrir el ulls i em vaig veure un senyor més blanc que una aspirina, embolicat amb una capa negra, estés en terra buscant la dentadura postissa.

—Bare beua, quin colp! Qui ef fosté?

—Oh, jo… eh… Joaneta! Vinc per això de l'anunci…

—Ah, fí, l'anunfi!

Cloc! Es va col·locar la dentadura.

—Sóc el comte Dràcula. S'ha espantat? —digué passant-se la punta de la llengua per les dents.

—No, em pensava que era
un mosquit. Per cert, fer un mos
al coll és la manera de saludar ací?
   —Oh, sí, sí, és… és un costum
molt antic, he, he, en aquesta casa
som un poc tradicionals, ja ho
comprovarà.

—Ja veig, i ronyosos també. Em pensava que no hauria de fer treballs de neteja, però qualsevol deixava açò com estava.

—Que quèèèè!? Què ha fet vosté?? —escridassà el comte quedant-se quasi transparent, ja que era més blanc que la paret.

—Doncs mire, he torcat la pols,
he llevat les teranyines, he obert totes
les finestres, he llavat les cortines,
he fregat els pisos i he greixat les portes.
Ah!, i m'he permés fer unes brometes
amb els Dentsllargues. Per cert,
són família seua?

Però el comte ja no em sentia:
havia caigut rotllat a terra absolutament
rígid just quan havia començat a fer
la pregunta.

Se'm va ocórrer que a la millor
amb l'olor de les botifarres i dels alls
es despertava i li vaig passar l'entrepà
per davant del nas. Mai havia d'haver-
ho fet, ja que del bot que va fer va
arribar fins al sostre i es va agàfar
com un gat a una làmpada de ciris.

Des d'allà va cridar:

—Escolte'm bé, desgraciada! Fa més
de cinc-cents anys que no entra un all
pudent en aquesta casa de manera que
traga'ls immediatament d'ací! Pel que
fa a la resta, vull que deixe tot una altra
vegada com estava! Fins a l'última
teranyina! Em sent? Demà comença
la Convenció del Terror i com no estiga
tot al lloc… pels claus de la iaia que
li deixe el coll com el caputxò
d'un bolígraf! M'ha sentit?!

—Que sí home, que no sóc sorda!

Em vaig girar a recollir els alls i les
botifarres, i quan vaig tornar a mirar
al sostre, allà a la làmpada hi havia
una rata penada en comptes del comte
Dràcula. Tant de fàstic com em fan!
Li vaig tirar les restes de l'entrepà
i segurament li vaig pegar al cap,
perquè va eixir per la finestra fent
ziga-zagues   i redolant.

Necessitava dormir una estona
i vaig pensar que a la millor, en aquell
ambient i amb un poc de sort, tenia
algun malson i patia un poc de por.

Bah, res de res! L'únic que vaig
patir va ser mal de renyons perquè
se'm va clavar una molla del matalàs
que estava trencada.

3

UN ALTRE DIA MOGUT

L'ENDEMÀ al matí em va despertar
un corb que grallava.

Li vaig tirar una sabata, que va pescar
al vol, i se l'emportà volant per la finestra.

Més tard em vaig assabentar
que era col·leccionista de sabates, de
manera que em vaig haver de posar
els escarpins d'una armadura que
protestà quan li'ls vaig llevar:

—Se'm quedaran gelats els peus,
senyoreta…

—No us preocupeu, quan atrape
aquella espècie d'enterrador volant
us els torne —li vaig contestar, sense
adonar-me que era la primera vegada
que parlava amb una armadura… buida!

Vaig eixir al bosc tenebrós que voltava el castell i em vaig posar a buscar aranyes. En vaig trobar a muntó: aranyes menudes i enormes, calbes i peludes, negres, marrons i a taques; curiosament les acompanyaven tota classe de bestioles repugnants: escorpins, granotes i gripaus verinosos, escurçons banyuts, colobres escopidores i rates de claveguera gegantines.

Quan me'n vaig adonar, m'havien encerclat en un racó del bosc i em miraven amb els ulls cada volta més oberts i les boques cada vegada més bavejants.

Com que no semblava que volgueren
jugar una partida al parxís vaig mirar
a la dreta i vaig exclamar amb decisió:

—Hummm, quina sort! M'encanten
les cuixes de granota i de gripau llefiscós!

Rauc, rauc, rauc! Granotes i gripaus
s'endinsaren al bosc fent salts mortals
cap arrere.

—Us he contat que la meua germana menuda col·lecciona cues d'escorpí i de rata per a fer-ne polseretes?

Triqui-triqui-tric! Fiuuuu! Fuiiiii! Escorpins i rates desaparegueren sense deixar ni rastre.

Al primer escurçó li vaig fer
una repassada a la cara amb un
matamosques i tots els altres, xiulant,
feren, cames? No, cames no... panxes
ajudeu-me! I van escapar a tot drap.
Ja només quedaven les aranyes.
Vaig posar la més grossa en la pala
del matamosques, la vaig llançar amunt
i d'una esmaixada certera la vaig ficar
en un sac enorme que tenia preparat.
Vaig fer «Hop!» acompanyat d'una
sacsejada del matamosques i la resta

de les aranyes,
aterrides per
l'exhibició
tennística,
es ficaren
botant
al sac.

Les vaig anar repartint per les habitacions amb l'encàrrec que treballaren a estall teixint teranyines. Una exhibició de les meues habilitats amb el matamosques davant d'un parell de taràntules que volien anar-se'n va fer que les altres desistiren de fugar-se i que treballaren amb dedicació; mentrestant jo tornava a barrar les finestres alhora que vigilava les aranyes entre clau i clau. El problema de les cortines el vaig solucionar portant-les a una clariana del bosc, al costat d'un estany, allà les vaig escampar i vaig tirar damunt aglans i peles de fruita. Els porcs senglars feren la resta.

Pel que fa a les portes, una mica
d'arena i de sucre a les frontisses
féu que xerricaren tant que haguera
pogut organitzar un concert de
sorolls insuportables. En acabant,
vaig convertir els bigots dels
Dentsllargues en unes barbes
atapeïdes, la qual cosa els feia
un aspecte més ferotge que abans.

Després de tot el dia com una
locomotora ja ho tenia tot una
altra volta com al principi. Fet una
porqueria! L'única cosa que no havia
pogut fer era restituir la pols: no
vaig poder trobar el taüt on l'havia
amagada.

Vaig dir a les aranyes que podien
quedar-se uns dies al seu gust i vaig
baixar a recepció, perque se suposava
que a partir de la mitjanit començarien
a arribar els convidats.

4

LA INSPECCIÓ

A les dotze en punt tornà a sonar el despertador del rellotge de pèndol: «Dong-dong-dong-dong-dong-dong...!». I un instant després aparegué el comte Dràcula amb el cap embenat i deixant un rastre de pols per on passava. Feu un moviment circular amb els ulls, em va mirar de dalt a baix, d'esquerra a dreta, i va dir:

—Vejam com està tot —i va pujar les escales de cinc en cinc cap a les habitacions, escampant una polseguera que ni el seté de cavalleria perseguint una bandada d'elefants.

Una estona després en baixà.

—Veig que has sigut diligent, només falta una miqueta de pols que algú ha ficat dins del meu llit —digué amb certa ironia mentre s'espolsava lleugerament la capa—. La resta està perfecte, fins i tot les barbes dels meus avantpassats queden bé. Potser un dia d'aquests els suggeriré que se la deixen —digué enigmàticament.

CLONCCCC!!! CLONCCC!!!
Va sonar la balda de la porta,
el comte mirà de reüll cap allà
i continuà:

—Ah!, una última cosa: les rates penades són molt apreciades en aquesta casa. Són com una espècie de mascotes. Així que queda terminantment prohibit de maltractar-les i més encara de fer-hi tir al blanc —digué tustant-se el cap i la bena que el cobria—. Ara vaja a obrir la porta, *ja estan acííí* —digué fent cançoneta.

5

L'ARRIBADA

EM vaig dirigir cap a l'entrada i de
sobte es féu un silenci espés, que es va
trencar immediatament pel terrabastall
CATACLONCLONC! de la porta que
em caigué als peus. Sort que encara
portava posats els escarpins d'acer de
l'armadura, i mala sort per a aquesta,
perquè van quedar com una llanda
de refresc que ha passat per una
piconadora.

Quan vaig poder traure els peus em vaig trobar davant d'un tipus d'uns dos metres que somreia amb una cara amb més costures que els calçotets del meu iaio, i just al costat un individu amb cara de científic boig que digué:

—Ho lamente comte, però Frankie continua amb l'al·lèrgia a les portes.

—Ja ho veig —digué el comte—, però no us quedeu ací fora, passeu, passeu.

I començaren a passar tota una filera
de monstres i personatges terrorífics:
zombis esparracats, l'Home Llop,
mòmies polsegoses, bruixes, ogres,
fantasmes, madrastres de conte, un
tal Fredie nosecom que tenia cara de
fardatxo i una mà plena de ganivets,
Jack l'Esbudellaterrossos amb l'aixada
esmolada, Alien i la núvia de
Frankenstein, un grapat de vampirs
i Nessie, el monstre del llac Ness,
que va intentar entrar, però com que
només li cabia el cap, i no sap anar
sense el cos enlloc, es va quedar
a l'estany del jardí.

Jo em fregava les mans i aplaudia, imaginant tota la por que passaria amb aquells éssers pul·lulant per allà, però els vampirs van entendre que les meues palmellades eren el senyal per a començar la festa i ràpidament van traure els instruments de davall de les capes i es posaren a tocar un *rock'n'roll.* Bufa, quina marxa!

Tot el món isqué a ballar. Una de les
mòmies, que ballava furiosament amb
el tal Fredie, enganxà la bena en un
dels girs i es quedà amb els ossos a l'aire.
Hagué de sentir-se nueta, perquè va fugir
corrent avergonyida al jardí.

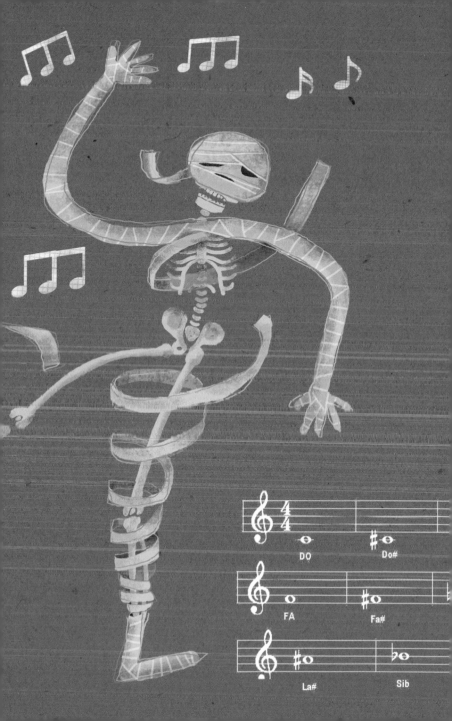

Les altres mòmies mamprengueren
a ballar de costat com els egipcis. Tots
les miraven encantats, però de sobte
passà el que havia de passar: a la núvia
de Frankenstein, que s'havia tirat deu
hores amb els dits dins d'un endoll per
a aconseguir la permanent elèctrica
que lluïa, no li va fer gens ni miqueta
de gràcia que se li embolicara entre els
cabells una bruixa que anava voletejant
embogida amb la granera i d'un calbot
l'envià justament al tupé del cantant
dels Vampirs Rockers, que en aquell
moment, amb els ulls mig clucs,
cantava allò d'«Em torna boig
el teu coll blanc i tendre, nena...».
I allò esclatà.

El cantant, enrabiat, enganxà el cable
del micròfon a la làmpada i des d'allà
es llançà com si fóra Tarzan i aterrà
al cap de la núvia de Frankie. Aquest
li anava a dir alguna cosa com:
    —Ei, tu, deixa en pau la meua xicota!
    Però en aquell moment, el bateria
li plantà una de les caixes acústiques
al cap i hi féu un sol amb les baquetes.

Les bruixes, animades per la gresca, començaren a granerades amb les mòmies que anaven escampant pols per tot arreu i els ogres no feien més que demanar menjar.

—I els xiquets, on estan els xiquets per al sopar?

El saxofonista, fart de tant de crit,
intentà pegar a un dels ogres en tota
la boca per veure si callava i es quedà
sense saxo: l'ogre se'l va menjar sencer!

L'estúpid de l'Alien, com anava tot
el temps de cap, disparà la mandíbula
plena de dents però la clavà en terra
i allà el van baldar a garrotades.

L'Home Llop udolova a cada
moment perquè, amb aquell guirigall,
a tothora un o un altre li xafava
els ulls de poll.

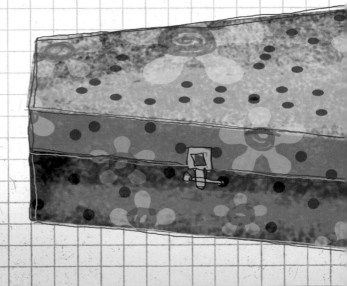

Allò no feia pinta d'acabar bé
i com que era fàcil trobar-se amb una
galtada perduda o un mos sense coll,
vaig decidir que el millor era escampar
el poll.

Vaig pensar que el lloc més segur
per a passar la nit seria un taüt, de
manera que en vaig buscar un amb
un estampat de flors, em vaig tancar
per dins i allà vaig passar la nit farta
d'aquells monstres de pacotilla.

6

PREPARANT LA CONVENCIÓ

DE matí em va despertar una altra
vegada el corb, que devia vindre a
buscar l'altra sabata. El vaig sentir
grallar i voletejar i quan va comprovar
que no podia entrar s'enfadà a muntó,
si s'ha de jutjar pel to dels gralls.

Jo, per la meua banda, estava quasi igual que ell, perquè quan vaig intentar obrir la tapa del taüt, vaig comprovar que no podia eixir-ne. Hi havia alguna cosa molt pesada damunt que m'ho impedia.

Se'm va ocórrer que potser seria algun d'aquells destarifats dormint la mona així que vaig ficar l'agulla de pit de la iaia pel forat del pany. Segurament vaig punxar-li al cul, perquè féu un salt, llançà un crit i se n'anà pegant bots escales avall. Vaig obrir, vaig encendre un canelobre, ja que no s'hi veia ni xufa i vaig contemplar el desastre.

Estaven tots dormint i roncant,
tirats pels racons de qualsevol manera.
L'ogre que s'havia engolit el saxòfon
roncava a ritme de jazz i els altres
semblava que seguien el compàs.

Els mobles estaven tombats, les
copes trencades, les làmpades ballaven
d'un costat a l'altre i, al piano, devien
haver-li partit la boca, perquè les dents,

bé, les tecles, estaven escampades
per tot arreu.

La ràbia em va anar pujant a la gola,
cada vegada més, i més, i més... fins
que ja no vaig poder aguantar i vaig
llançar el meu esglaiador crit de conill.

¡¡iiiiiiIIIIIIIHH!!!!!!

Un minut després, fins l'últim zombi, tan sords com estan, havia eixit del seu amagatall i aguaitava a la sala des de la barana de l'escala.

Vaig posar la terrible cara d'impressionar i els vaig dir:

—Escolteu-me colla de tararots! Jo havia vingut ací a patir por, no a passar-me la vida arreglant, desarreglant i tornant a arreglar. Veieu com estic? Descalça! Si un dels meus delicats peus patira el mal més insignificant, no vull ni pensar el que us podria passar —vaig dir això mentre esclafava una llanda de suc de tomaca amb les mans—. De manera que vull que ho deixeu tot una altra vegada com estava, fins a l'última teranyina! Entesos? I ara, a treballar!

Se sentiren uns quants murmuris
i algun intent de protesta, però tot
el món es va posar a arreplegar
i a reparar el que s'havia trencat.

El comte Dràcula se m'acostà
i digué:

—Fen dit, Joadeta!

—Vinga, comte, vaja a ficar-se
la dentadura.

—Ef que amb lef preffef…

A poqueta nit ja estava tot
acuradament desordenat i disposat
per a la convenció. Vaig preparar
un sopar sangonós a base d'hambur-
gueses poc fetes amb molt de quètxup
i suc de tomaca per a beure.

   —Què és això? —em va preguntar
el cantant dels Vampirs Rockers,
que encara tenia torticoli perquè
havia compartit taüt amb el pinanista.
   —Sang vegetal, és molt bona per
al colesterol —li vaig contestar amb
la major sang freda.
   I ara, a la convenció!

7

LA CONVENCIÓ

I començà la convenció.

Era avorridíssima! Un enfilall
de queixes dels vells personatges
del terror, que es lamentaven de
no fer por ni a les gallines ja.

Uns altres comentaven que estaven
en tractament psicològic perquè se
sentien inútils i hi havia fins i tot qui
s'havia intentat apuntar a l'atur, encara
que no l'havien admés ja que la seua
categoria professional no hi estava
reconeguda.

En això estàvem quan sonà
un clàxon.

Vaig aguaitar per la porta i vaig veure un cotxe ple de japonesos. Vaig tornar corrents i els vaig dir a aquella colla de monstres que l'oportunitat de superar tots els traumes i complexos havia arribat. De manera que vam posar en marxa el pla A.

Els japonesos van resultar ser professors de la Universitat de Kyoto que investigaven la veracitat històrica del personatge de Dràcula i que estarien encantats de passar una nit emocionant en la que va ser l'última morada del sanguinari comte.

—Perfecte —els vaig dir—. Tenim un servei de categoria per a una nit d'emoció. Deuen tindre vostés fam després del camí tan llarg que han recorregut.

—Oh, sí, sí! Tenen *sushi*?

—No, però tenim una cosa millor: porquet saltador. Passen a taula, per favor.

S'assegueren i no paraven de dir:
«Moult typical, moult typical», i de fer
fotos al, diguem-ne, servei: tres ogres
i dues bruixes que tragueren en un tres
i no res un porquet amb una poma a
la boca.

Quan el que semblava el cap es
llançà a trinxar-lo, el porc li va escopir
la poma a l'ull, botà cap a un costat
esquivant el ganivet i digué:

—Ahà! Has fallat! T'hauries de
matricular en una acadèmia d'esgrima!

—Aaaahhhh!!!! —cridaren tots.

Dos feren un bot de pel·lícula
de xinesos i van xocar en l'aire amb
el cap; als altres dos, se'ls posaren

els pèls de punta, i el cap no veia
res amb la poma a l'ull.

—No es preocupen, això ho arreglem
de seguida —vaig dir jo acostant-me
i amagant dissimuladament el porc
en un sac—: a vostés dos els portarem
a la infermeria i a vostés dos a la
perruqueria.

La improvisada perruqueria
l'atenia Freddie i la infermeria, dues
simpàtiques mòmies que, en llevar-se
l'embenatge per a col·locar-lo al cap
dels ferits, deixaren al descobert unes
mans excessivament ossudes per al
gust dels japonesos, que isqueren
cridant i coincidiren al saló amb
els qui fugien de l'esmolada garra
de Freddie.

Allà hi havia també el cap que
intentava traure's el comte del coll.

Finalment, aconseguí col·locar la poma a la boca del comte i fugiren com bojos al jardí on s'entropessaren amb Jack l'Esbudellaterrossos que cavava alegrement.

—Què plantaràs en aquests forats tan profunds? —li van preguntar.

—Japonesos! Ha, ha, ha, haaaa!!!

—Aaahhhhh!!!!

Tornaren a fugir corrents, perseguits aquesta vegada per Jack i es tiraren de cap a l'estany, però isqueren llançats a l'instant. Bé, millor dit, escopits, alhora que se sentia la veu de Nessie que deia:

—Eeeecs!!! Deteste el menjar oriental!

Fets una sopa, els japonesos van córrer fins al cotxe i intentaren posar-lo en marxa una vegada i una altra sense aconseguir-ho. Mentrestant del bosc no paraven d'eixir zombies i els vampirs voletejaven per allà al voltant.

De sobte, el capot del cotxe saltà pels aires i aparegué Frankie dient:

—Em sembla que li sobra açò —i arrancà el motor i el tirà per damunt del muscle.

—Prova ara.

Estaven tan escagarrinats que provaren a girar la clau.

—Caram, sembla que és greu. Caldrà espentar una mica. Ajudeu-me xicots!

Entre tres zombies i Frankie quasi van posar el cotxe en òrbita costera avall d'una espenta. Mare meua, com agafaven els revolts!

Ai, com vam riure! I quina festa vam celebrar. Havien tornat a sentir-se útils i terrorífics.

8

UN COMIAT PRECIPITAT

VAM riure fins que es va fer quasi de dia. Tots deien que havia sigut la millor convenció i volien que jo tornara l'any següent. Vaig prometre que tornaria si feien alguna cosa per a espantar-me.

Abans que isquera el sol se n'anaren tots a dormir.

Jo també anava a retirar-me quan
vaig escoltar una altra vegada el corb.
Aquesta vegada no venia a per la meua
sabata, no. Li havia llevat la gorra
al carter:

—Maleït pardalot, com t'encerte
veuràs! —bramava ell.

I li va tirar una bota, just el que
realment volia el corb, que va amollar
la gorra, atrapà la bota i se n'anà volant
a amagar-se en l'arruïnada caseta
de l'embarcador.

El carter vingué botant a peu coix
a portar-me un telegrama urgent.

Mare meua! Quan el vaig obrir,
quin esglai em vaig emportar! Havia
de tornar immediatament a casa
o alguna cosa molt greu passaria.

Pero, com? Arribar fins allà m'havia
costat més d'una setmana, i a més
estava descalça i així no podia córrer
molt.

El primer que calia solucionar era això
dels peus, de manera que vaig anar a la
caseta del corb, vaig obrir la porta i...
Bufa, quina meravella! Tenia un autèntic
magatzem de calcer. Una sabata meua
estava al costat d'unes botes de set
llegües autèntiques. I això era just
el que necessitava ara!

Me les vaig posar en un tres i no
res i amb mitja passa em vaig plantar
al castell, perquè no volia anar-me'n
sense acomiadar-me del comte.

El vaig trobar penjant cap per avall
de la barra d'un armari, perque encara
quedava pols al seu taüt.

El vaig despertar i li vaig dir
que havia d'anar-me'n.

—Tan prompte? Amb el coll
tan tendret que tens i ens deixes?

—Sí, he d'anar-me'n. Per cert,
parlant de colls, que li ha passat al seu?

—Al meu coll? —es va palpar i es
posà histèric—. Aaaaahhh!!! Algú m'ha
mossegat!! Aahhhh! Qui s'ha atrevit?
Desgraciats!!!

—Bé, senyor comte, si no tinguera
tanta pressa trauria la gorra de Sherlock
Holmes i esbrinaria qui ha sigut,
però així haurà d'assabentar-se'n
vosté a soles. Fins a l'altra!

Amb aquelles botes em vaig plantar a casa en un no res, i vaig comprovar que el que deia el telegrama era cert. Oh, Déu meu! Quina por que tenia! Estava aterrida: ara comprenia el que era la por… i de quina manera! Em vaig colgar al llit tremolant com una campaneta i em vaig tapar fins a les celles. L'endemà tenia examen de Matemàtiques!

ELS VIATGES DE PERICOT
Carles Cano

El que més agrada a Pericot Rodamón
és viatjar, fins que arriba un moment
en què tot li sembla familiar, com si ja ho
coneguera. Aleshores decideix buscar una
nova forma de viatjar: caminant cap arrere.
Així li ocorreran moltes peripècies...

HISTORIA D'UNA RECEPTA
Carles Cano

S'hi conten les aventures d'una fada pastissera que busca la recepta de les maduixes bruixes. Quan arriba al bosc, troba un gran berenar parat. Apareix el mussol i parla amb ella. Se'n van junts, però l'au es transforma en un cavall que li conta una història…

EL DONYET VERD

TÍTOLS PUBLICATS
Sèrie: a partir de 6 anys

TÍTOLS PUBLICATS
Sèrie: a partir de 8 anys